新しい詩人 08

ふたつの祝婚歌のあいだに書いた二十四の詩

久谷雉

Kutani Kiji

思潮社

ふたつの祝婚歌のあいだに書いた二十四の詩

久谷雉

思潮社

——*u*夫妻に

ひとつの花をはなれて
もうひとつの花へ
みつばちが一匹　飛びうつろうとするとき
冬日をすかした障子のように
まぶしいものが
あなたたちのまわりを
かけぬけてゆく

あなたたちに
約束されたすべてのいとなみが
どうやら一瞬のうちに
花と花のあいだの
ちいさな空中に照らしだされたらしい
それゆえなのだろうか

みつばちの飛行に
まえぶれもなくまよいがうまれて
あなたたちのかたわれの
鼻のあたまにとまろうとしたのは

おおきないきものの
くしゃみをあびたあとのように
あなたたちは　ふたり
目をいっぱいにあけて
風にゆれる花々をみつめている
ひなたのにおいのする
すきとおったオカリナに
今ならば　すぐになれそうな
からだをかかえて

装幀　芦澤泰偉

目次

ぼくが生まれていたかもしれない町でおこった八つの出来事

ぼくが出会っていたのかどうかさえ忘れてしまった人たちの八つのつぶやき

ぼくが冷たくなったコンソメスープのために唱える八つのお祈り

ふたつの祝婚歌のあいだに書いた二十四の詩

ぼくが生まれていたかもしれない町でおこった八つの出来事

返事

ベランダの下で
すれちがう電車が
いつもよりひとまわり
ちいさくみえる日
ぼくはうっかり
忘れてしまいそうになるのだ
あたまからはじまって
しっぽで終わる

という
この世の単純なしくみを

おぼえていても
忘れてしまっても
本は読めるし
自転車にも乗れるし
薬屋はあかるい
はだかの女のかたわらで
性器でも　こころでもないものに
なることだって
むずかしくはない

それでも
人間の手をはなれて
青空のへりでゆれている

わかれのあいさつに
どんな返事を
書けばよいのか
みえなくなることだって
あるだろう

あめあがり

きのうの雨風で
梅もつばきもあらかた散って
市場へのみちは
ほんのりと　あかるくなった

草木の檻にまぎれて
煙草をのまされている動物の
あまい呼吸も

でんしんばしらにこうべをあてて
地下水のゆらぎを測っている
男の背骨ののびちぢみも

あっというまに平等に
まぶしい網となって
ぼくの時間を未来から
まるめてゆく

あたまを切り落とされた鶏や
掘りたてのねぎのたぐいを
うばぐるまにどっさり積んで
市場のほうからあるいてくる誰かが

うずくまるかたちのまま
もとにもどれなくなった時間に

なんべんも
つまづきそうになっている
地球のふくらみに
足をとられたような歓びを
顔いっぱいに
うかべて

晩年

旅先のちいさな市場で
ふるい帽子をぬすまれてから
ぼくはなぜか　晩年というものについて
考えるようになった

こうしてニホンにかえってきて
風のうねりに
おのれのうなじをゆだねていると

年老いたぼくにそっくりなものが
鎖骨をぴくぴくとおしてくる

えんがわのそばの犬小屋から
虻が一匹　ゆらゆらと飛んできて
ぼくのみぎひざに着地する
あかみがかった複眼のあいだの
ささやかな眉間には
金色のひかりの脈がふるえていて

この脈をさかのぼったさきには
ひくい丘のいただきがいくつも
ゆうあかりにさらされている
おれんじに焼かれた雲をみあげて
ためいきをひとつ　おおきくつくと
ぬすまれた帽子がことばのなかにだけ

もどってくる

帽子のふくらみをみおろして
なにかをおもいだそうとすると
さかさまになって　けっそりやせた
市場のけしきが
あしのあいだをながれてゆくばかり

泡かもしれない

にんげんが
からだだけで歩けてしまうことが
けさはなんだか無性にかなしい
ふるさとにはない花のはなしを
とりとめもなくしたあと
せっけんを買いに外にでたあなたに
ようやく僕は語ることができる
言葉でないものでした返事さえもつつんでしまう

胃袋のやわらかさが
あなたのまなぶたに透けているのを
のぞいたばかりなんだから

誰もいない部屋で
根菜をかじった瞬間に
地球があべこべに回りだす
そんな手品だって毎日くりかえされているうちに
手品ではなくなってしまう
(まばゆい屋根をいくつ重ねたところで
ひとつの家ができあがるとは
かぎらないの　むしろそれが
古井戸にでもなればしあわせなほうで)
あなたがおおきな袋を片手に
ねむたげにささやきかけてくれたのは
いつのことだったっけ

言葉がうたからにげだしても
あるいは僕からあなたへのよびかけが
すべて僕へのよびかけになってしまっても
となりにいさせてくれるかな
時計に顔をあげるたび
ふしだらなきもちになるのは
針の長さがわるいのか　数のおおきさがいけないのか
あなたのセーターを夜更けのバケツにかぶせて
答えを出したいとおもうのは
僕ではなくて
シャボンの泡のほうかもしれない

夢のつづき

あと二回
このベッドの上で目を覚まして
のどの渇きを解決しないまま
玄関で靴を履いたなら
夢にみたけしきを
そのままのかたちで
紙に書きだしてしまうことが
突然

おそろしくなくなる
そんな期待をうっかりと
にぎりしめてしまうような朝が
僕にもときどき
訪れるようになった

髪の毛のはねを
まったく直そうとしない僕を乗せて
大学へむかう黄色いバスは
夢のつづきでも
きのうのつづきでもない
林のなかの道を
とろとろと進んでゆく
おととしの夏から
ずっと読みきれずにいる
外国語の本を

ぱらぱらと眺めているうちに
二回で済んだはずの眠りが
四回になったり
七回になったりしてしまうのは
よくあることだが

あくび

たましいを
しまっておくには
すこしふくらみすぎて
いやしないか

しかし
日曜日までに食べなければならない
野菜をかくしておくには

ちょうどいいだろう

そんなおおきさのあくびを
ひとつしたのが
おばさんだったのか
ぼくだったのか
だれにも教えたくはないのだけれど

ぼうふらの涙や
馬小屋の火事のように
みんなをとおくにつれさってゆくことは
たぶんないだろうから

あしたは
ぬれた帽子をかぶって
たばこ屋の玄関をあけよう

地下鉄を降りてから

終点からふたつめの駅で
あくびをしながら地下鉄を降りて
しばらくのあいだ
きみにからだがあったことを
まっさらに忘れてしまいたかったんだ
自動販売機に両手をついて
まっくろな床をみおろしていると
カキコトバばかりがこれから一日

しらじらと笑っていそうな予感がして
本当に不愉快なんだよな
ぼくのひふにもはらわたにも
加速してゆくところなんて
どこにもみあたらないのにね
おとこたちがパンの耳をほおばる音や
おんなたちがくつひもを解くけはいに
敏くなりすぎるような不幸さえ
訪れてくれやしないんだ
ねえねえ
ぼくのお尻にぴったりと
まぐろの形をした神様がくっついてるって
いちばんはじめに教えてくれたのは
きみだったかしら
（もう大昔のことだけどね）
手とも足とも生殖器とも呼べなくなった

きみのでっぱりをにぎりしめて
動きだそうとするものがなにもないことを
たしかめなおすのが　今
ぼくがゆいいつのぞんでいることなんだ
口をあけたまま立ちどまっていても　なお
あまたの角をまがれる素質にばかり
めぐまれている　このぼくが
のぞんでいるのは

大人になれば

おもいだしたくなくても
いつかは　おもいだすんだろう
日の暮れかけた菫色の空に
ときおり　ぱららと光っては消える
小鳥のおしっこのしたたり
あるいは
とうふ屋と呉服屋のあいだの
ちいさな路地をぶらぶらとうごく

まないたくさい子どもの手足
そんなものたちに
こっそり手紙を書いてるうちに
おもいだしたくなくても
いつかは　おもいだすんだろう
たましいにはくちびるもなければ
おしりさえもなかったというかんたんなことを
そして　ただぺらぺらとした耳が
つばさのように生えてるほかは
おでんの具にしかならないことを
いつかは　おもいだすんだろう
わざわざ頭のてっぺんまで
百年もかけてもちあげたものを
おっぱいやひざのたかさまで
もういちど　おろしてしまうまでもなく
いつかは　おもいだすんだろう

大人になれば
大人になれば。

ぼくが出会っていたのかどうかさえ忘れてしまった人たちの八つのつぶやき

おとむらい

なまずの赤子のため息のように
たましいの肌もやわらかいほうがいいね
ながあめのあとのあぜみちを
おのれのねやへと帰ってゆくきこりのはなしが
網戸のむこうから聴こえてくる
お棺からはみだした　妹のどろだらけのひざを
せびろにからだをかためた見知らぬおとこが
ぬれぞうきんで拭いている

裏庭の木戸がときおり　ぎいと音をたてるが
だれがはいってきたのかはわからない

＊

通夜があけた朝は
ひまわりの林にみんなで集まって
時間をかけて歯をみがいた
みがき粉の泡であふれかえりそうな口をあけたまま
わたしはおびえた
ひまわりの種のかたまりの上で
みごもったやもりが後足をあげるけはいに

ふくらみ

どうやら
あたしのちぶさよりも
ひとまわりちいさななにかを
さがしているらしい

おのれのちぶさに
おのれのくびをうずめるようにして
ねむるふりにいそしむあたしを

かたほうのうでで
かくまいながら

おとこは
あいているほうのうでで
ねむりのひきだしをあけて
あたしにはみえない
あけがたのふくらみと
おうせをしようとこころみる

おふろばでひとりきり
うすべにいろにひかるまたぐらを
からだをむりやりおりまげて
のぞきこもうとした
おさないひの
しずけさのようなものが

おうせのさなかの
おとこのきんにくから
しとしとしぼりだされて
ああ
うすくひらいたあたしのまなこを
すすいでゆく

ほのかに明るくなるほかに

とうとうきみも
ぼくのおじいさんとおんなじように
たくさんのお釣りに
鼻のたかさまでおぼれて
天窓の真下でうごけなくなってしまった
朝食のたびに薄茶色のハンカチを折って
やわらかな汽車をつくってあそんでいた日々が
こういうかたちで終わってしまうことを

ぼくはとっくに悟っていた
きみに出会うずっと前からね

夜のことばで書かれた朝のものがたりに
おののくことのできるほど
ぼくの足はもうおおきくはならないだろう　だが
夜のことばで書かれた夜のものがたりを
独楽のようにまわしてみたところで
冷たくなったきみの口が
ほのかに明るくなるほかに
なにひとつ
不思議なことはおこらないのだ

あかりを落としてしばらくたった
はだか電球のふくらみの底で
この世に落ちてきたばかりのものたちが

巻きのゆるいばねになったり　ぱらぱらと砕け散ったりしながら
きみのからだを呼んでいる
ぼくたちがこの町じゅうの草花や
こおろぎたちをまきぞえにして
ようやく棄てることのできた尻尾のおおきさに
かれらもいつかはおびえるのだろう

もすくわ

（折り、が）の鳴りだす時刻ははっきりと決まっているわけではありません。ただ冬が近づくにつれてだんだん早くなってゆくということだけがわたしたちにわかっているすべてなのです。しかしわたしたちの娘は三人とも（折り、が）が鳴りだすことすら知らないまま、浴室で手毬のような猫たちと一日中たわむれています。近所をまわって集めてきた、たべのこしの牡蠣のからに桜色の顔を映してはうっとりとしています。（折り、が）のおしっこの世話はとりあえずかの女たちの仕事なのですが、たいていおむつをとりかえるのはわたしです。

　それにしても火にかけたスウプというのは中々あたたかくならないものです。（折り、が）は不満げにわたしのちぶさをうしろから握りしめます。口のなかいっぱいに（折り、が）のにがいようなしょっぱいようなあいまいな味がゆらゆらとまわりだします。真赤な根菜をまえあしでころがしてあそんでいた仔猫がふわりとかおをあげます。かの女は一生、動詞をもってるいきもののくるしみを知らずにすむことでしょう。スウプの水面のふくらみにちいさな泡がわいてきました。（折り、が）はゆっくりわたしからほどけて、仔猫のひとみの縁へながれこみます。

　おっとが帰ってきました。（折り、が）はわたしたちが結婚するまえはつねに、このひとのかじるパンのなかにからだをひそめているものでした。ときおりおっとのすきをうかがっては、ゆで卵を盗んだりわたしのくるぶしにキスをしたりするのです。おっとは今日も浴室のないアパアトメントを探しまわってへとへとになっています。せめてモスクワくらいまであしをのばさなきゃいいアパアトなんかみつからないわよ、と（折り、が）は鶏をまるごとゆでながら、しわがれた声でののしります。

あろえの花

ひいらぎのおいのりが
まいにち　きこえないでくださいね
おかあさんの棚ももう
草だらけの冥土を　おぼれているから
ひとはり　ひとはりの
つつがないうったえのむこうには
ひの色をした線路が
わらっているばかりなんです

まだらの鱒とまぐわうのも
まちどおしいものでした
いなほのゆれるおくゆきを
つめたい食器にのって　口のない手紙は
とんできます
けばだつちぶさにかみついたまま
かいばおけからたれてくる
あろえの花ども

鬼でもへびでもあいしています
ろしあの西陽はいかがでしょうね
びしょびしょになった材木屋さんで
むらさきのまま　ぜんめつして
えりかもゆかりも　みんなのこらず
あしからうまれてきたんです

あしからうまれてきたんですよ

栗色の髪

埃にまみれた布団に
くもりの日のにおいをたくさん残して
夫はふすまに描かれた波濤へすべりこんでいった
わたしは髪をうしろにたばねてから
ひさしぶりに洗ったくつしたを
縁側にいちれつに並べて
ふたたび毛布にからだをつつんだ
本棚のかたわらにころがった電話機を

布団のはしまでたぐりよせて
せんせいの家の番号を
よろよろとまわす
お経をかかえた女たちが
しつこく玄関をたたくけれども
気にかけることはない
きのう二丁目のすなばに埋めてきた
ボール箱いっぱいのものたちは
いつのまにか
骨盤のくぼみにあつまってきていて
はやくまわせよ　はやく　はやく
さかんにあとをおしてくる
せんせいの奥さんはむらさきのマフラーを巻いて
受話器をつかむなり
こちらのあいさつもきかずに
すぐにせんせいにかわってくれた

いま　海をわたったむこうで
白い鉛筆をにぎって
さぼてんの群れをみおろしている男の子について
わたしはせんせいになぞなぞをかける
身長は一一六センチ
母親は私立探偵
成績は中の上かな
ブタクサのアレルギーで悩んでいるようだ
栗色の髪のかわいい姉がふたりいるね
せんせいはわたしの知らなかったことまで
こまかく答えてくれるからうれしい
骨盤が静かにならないうちに
電話を切って
栗色の髪、栗色の髪、栗色の、
なんべんもくりかえし唱えた
わたしの知らない

かわいいふたりの姉が雨雲の下
なわとびをまわして
あたらしいなぞなぞを枕もとまで
つれてくるのを待ちながら

誕生日

まひるのまぶしい
ばすたぶにすわって
めろんぱんを嚙んでいる
ぼくのむすめよ

誕生日がひとつ
めぐってくるたびに
ぼくの言葉もひとの言葉も

祈りではなく理屈になってしまうのが
すこしたのしくなってきた

ひかりとためいきのまざりものを
どっしりと実らせた枝の下で
顔を洗っているうちに
一日が終わってしまうようなことさえも
かんたんに起こるようになった

かなしみに追いつかれそこねた
ひとのからだほど
なまぐさいはこぶねはないということを
きみはいつになったら
ぼくにおしえてくれるのだろうか

夕べよりも

ひとまわりちぢんだ
めろんぱんを噛んでいる
ぼくのむすめよ

浅倉

六月二十二日　雨

　ちいさな椅子をうしろからだいて、あたためる。まだみたこともないなつめの種のかたちのように、からだをまるくしてあたためる。あたしから椅子へかようものがかんぜんにそこをついたとき、これからこの椅子にすわる浅倉の目にうつるものがあたしにもみえる。みずたまりになんべんもおぼれた靴をはいたまま、椅子の上にたちあがる浅倉の目にうつるものもあたしにはみえる。浅倉のおしりのようにひんやりとしたかたまりが、あたしの息の奥のうしろで鳴っている。
雨がばしょうの葉をたたく音が、あけがたよりもとおくなった。

八月九日　晴れのちくもり

浅倉はきょうも、おおきならくだいろのかばんをかかえて、あたしのうちにお茶をのみにくる。お茶をのんでいるあいだ、浅倉はいちども、かばんをあけない。きゅうすの中のおちゃっぱを、ながしのそばでとりかえているあたしに、浅倉はかげぜんのはなしをはじめる。ゆのみの底にのこっているお茶のしずくを、根雪を気にかけるような目でみつめながらかげぜんのはなしをする。
かげぜんごっこ、しませんか。浅倉とあたしのどっちが言いだしたのかはおぼえていない。それじゃあぼくは旅にでます、とつぶやくなりおふろばにからだをかくした、浅倉のうしろすがただけならおもいだせる。

十月十三日　快晴

（バスにひとりで乗っていると、どうしてこんなにねむたくなってしまうのだろう。バスのタイヤのあたりから、しゅるしゅると音をたてて、まひるのまぶたをささえている力がもれてゆく。知らないだれかが、あくびかなにかをしたひょうしに、うっかりそれを呑みこんで、にがそうに顔をしかめている）

十月二十七日　くもりのち晴れ

　書斎の天窓の真下にうつぶせて、作文をしていると、いつのまにやら、浅倉のむないたがあたしの背中にかさなっている。浅倉のおもみはみずかきをもたずに泳ぐもののように、あたしのにぎりしめるえんぴつをめざした。ひとのかたちをしたまま、めざしてしまうのが、かわいそうでならなかった。

しっしんにまみれている指先からえんぴつをうばいとると、浅倉はためらいなく、あたしの顔のすぐちかくでえんぴつを折ってしまった。えんぴつを折る、いっしゅんの音のなかにしか、あたしの一生はゆるされていないかのようなきもちになる。あるいは、あまたの人々の咀嚼のひびきをひとすじの糸につむぎあげると、このようなたんじゅんな音になるのではないだろうか。

天窓のかたちのまま、おりてくる日光の角が、浅倉の顔をちゅうとはんぱに切りとっている。木と黒鉛のこうばしさがだんだんうすれてゆきながらも、あたしと浅倉のはきだす息のかたまりをむすびつけている。

ぼくが冷たくなったコンソメスープのために唱える八つのお祈り

きょうは一日靴を磨いていた

すこしむかし
ぼくの好きだった詩人が
詩を書く前には靴を磨くね
と記していたけれど
ぼくはきょう
詩を書くかわりに一日
靴を磨いていたんだ
右のほうだけ

いやなくらい踵のへっている革靴と
もうじぶんの足がはいるかもあやしい
ふるい長靴
この二足を日が暮れるまで
ひげも剃らずに
電話にも出ないで
えんえんと
ね

すこしむかし
よりも　もっとむかし
ぼくはわざと魚籠を
うちにおいたまま
釣りにでかけたことがある
だれもいない
葦のしげみのすみっこに

こしをおろして
魚がいるはずもない浅瀬に
釣り糸をたらして
ああ
ぼくにはこのことが
詩を書くことににているのか
靴を磨くことににているのか
さっぱりわからなくなっているのさ

すこしむかし
よりも　もどるべきむかしが
ふえたことを
ぼくのかわりに喜んでくれるだれかが
かべかけ時計の下でさかだちをして
小さな声でわらっている
ぴかぴかになった長靴を

そいつの足に履かせてやると
ぼくが今日書かなかった詩が
紫がかった雲のむこうに
透けてみえる
こんぶのように
ふがいなくゆらいで

＊故・辻征夫氏の作品「ハイウェイの事故現場」より参照させていただいた箇所があります。

沈黙ではなく

ぼくの網膜のほろにがさを
いつか
ひきうけたこともあった風が
ゆずの木の下に寝かされた梯子を
かたかたと揺すっている

ゆずの実の全身にめぐらされた
あおくさい神経の糸を

顔ぜんたいで受けとめてしまった慄きに
胃袋を彩られていたころさえ
すでに　懐かしい

この世に生まれなかった人々が乗りそこねた
ちいさなカヌーの櫂を
この幹からけずりだそうとして
負の豊穣になじんでしまった
友の手の数々よ

切符をにぎるまねをして
木洩れ日にまみれるきみたちは
沈黙ではなく喧騒だけを
ぼくの耳にささやけ

沈黙ではなく

不眠症

トロッコから飛行機へ
乗り換えるあいだにこぼれた
ミルクにさえも
ぼくは不眠を約束しなければならない
うつわのゆらぎにつられて
身をまるめる
いっしゅんの乳液は
まぶたをもたぬひとしずくのまま

鉄橋の上をはこばれてゆく
口笛を吹けないだれかが
夜明けの川に投げすてた靴の中
雲にめだまを食い尽くされたものたちの
みだらな会議はもう
二分おくれではじまっている
海から風へ
風から草へ
草からパンへひきつがれてゆく
あなだらけの布を
おのおのの首に巻いて
ぼくらは机を叩こう
音楽よりも先に色彩のうずたちが
たるんだまま　からんだまま
飛びだしてくる
脚のゆがんだ机を叩こう

ミルクのまなざしがふたつにわかれてしまうまで
あけてはならない引き出しなど
あるものか
卵のかげをまたいだやつらばかりを
ずぶぬれにして
なるものか

この風がやんだら

きみの目の前に立っているのは
すりきれた上衣をはおった一人の男だけだ
ネクタイの結び方も
ホルンの手入れのしかたも
ろくにおぼえようとしないまま
言葉や空気を安穏とかじって生きのびている
ひかりにはりあうような暮らしだって
十代のなかばで

キャベツの芯といっしょに捨ててしまった
そんな男だ

ささやかな愛情によって
からだや言葉をたやすくうごかすことのできる
隣人たちの物音に答えるように
男は明けがた
みじかい詩を書く
ときおり麦酒の泡をなめたり
ラジオの中のおばけを小突いてみたりするのだが
そのあいだにも男のはらわたに紛れて
しぼんでゆくものがある
しかし本当におそろしいのは
一度ふくらませたものが
ふくらんだまま
死ぬまで背中についてくること

それを男はよく知っていた

男はきみのために
百円均一のおにぎりや
警官の帽子を盗んでくることはあっても
決して言葉をささげはしない
きみのふたつの腕は
男の頭ではなく言葉のねじれへ
さしのべられてしまうだろうから
男の強い筆圧を
男の骨のぬくもりと
まちがえてしまうだろうから

つぎの風が吹くのを待ちながら
男の睫毛はひそかに探りあてようとする
キャベツの芯の

あわい甘みにつながっている
きみの肉体の来歴を
きみの時間に負けることを覚悟で

＊この作品は出版社「ふらんす堂」のホームページの企画「詩のリレー」のために書かれたものです。前回の「走者」である望月遊馬氏の作品「鳥瞰図」より、一部を改変および分割して引用いたしました。

回る音

地球が回る音は　いつも
ぼくのからだの外側から聴こえてくるのではない
手のひらを胸にあてがうと響きだす
ささやかなリズムのむこうから　それは
ぼんやりつたわってくる

ぼくのくるぶしをつつんでゆれる
しろい花々がたたえた糖蜜の沼の中を

花々とおなじ数だけの地球が回っている
ぼくの音がそれらにまぎれてしまうことを
おそれなくなったのは
いったい　いつからだったろう

針穴のようなともしびが
まばらにうかぶ　とおい村をめざして
くぬぎのにおいの深いけものみちを
くだってゆく
地球はぼくのりんかくを
無言のままで　はみだして
夕暮れの風にさらされている

ちいさなことば

コーヒー豆を挽く手を
九月の風のふくらみに休めて
きみがいつものように
おもいだすのは

むらまつりのあさに
金紙や銀紙でかざられた
ぼろぼろのおるがんのむこうで

こっそり草をくわえている
ろばのなだらかな背中なんだ

西日をあびてふかくなってゆく
きみのてのひらを走るみぞを
ゆびさきや　鼻のあたまでたしかめながら
ぼくはろばにささやきかける

ろばのうしろにあつまってくる
子どもや　虻や
株式や
万有引力などには
とどくことのないよう

ちいさなことばをぼくはささやく

きみのししむらにさえ
とどまることはないまま
ろばのおなかにしまわれてしまう
世界でいちばんちいさなことばをね

ある愉しみ

あなたの好きだった虫たちが
ぼくの頭にあつまって
ゆるやかな輪をつくった日
ぼくは誓った
ぼくの時計やことばではなく
ぼくだけが誓った
数をうごかす淋しさを
小鳥たちの卵にまぜてしまう心を

もうふたたび
恋とは呼ぶまいと

虫たちの羽ばたきが起こす
ちいさな風のなかで
あなたは静かにばらばらになるだろう
ばらばらになることでかろうじて
あたたかな蜜で
ありつづけるだろう
虫たちにまぎれて空中をただよう
あなたをみあげて
あいさつが形へともどる時間を
ぼくはひっそり愉しんだ

トンネル

日曜日のたそがれどきも
水曜日の朝とおんなじように
ふたつのいきものに
ふたつの影がついてまわる

きみの耳からはじまっている
長いトンネルをぬけたむこうでも
この町とかわらないことが

しばしば起こっているようだ

井戸水をくぐりぬけるたび
小さくなってゆく玩具を
掌にのせて　きみはじっと
かなかなの声に耳をすましている

真白な布をかけられたまま
床に転がるお茶碗が
これからなにに生まれかわるのか
知らなくたってかまわない

魚と汽車のあいのこが
菜の花ばたけのまんなかで
きいろい粉にまみれて苦しんでいるのを
きみもいつかは聴くだろう

（つぎのニュースがはじまるまでに
あといくつ
野にゆれるものが倒されてしまうのか
賭けをしないか）

あとがき

仕事をみつけることができずに、ふるさとに帰ってから、半年ばかりがすぎました。庭の山椒の木と背くらべをしたり、荒れほうだいの川べりを歩き回りながら、ぼくは時々、ひとりの友だちのことを思いだします。東京のはずれの坂道の多いまちに暮らしていた女の子。この本にあつめた詩のほとんどは、その友だちが聴かせてくれた話に対するへんじの代わりに、書かれたようなものです。港で出会ったやくざといっしょに、日の暮れるまで釣りをしたこと。ふた月も学校をさぼって、素性も知らない男の子と東京を転々としたこと。あかるい時間に外に出ても、本屋と映画館のほか、どこにも行くあてのないぼくにとっては、信じられないような話ばかりでした。

結局その友だちとは、もう連絡をとっていません。借りたお金も返していません。これからずっと、このひととのつながりの中で詩を書いてゆくのだろう、というぼくのもくろみは、見事に崩れさりました。ぼくの言葉がどんなに衰えても、つながりの中にあることゆえに報われる、そんな甘いみとおしを持っていたのです。
この滑稽なありさまにほほえみかけることのできるまで、一体あといくつ齢を重ねればよいのだろう。ここにあつめた詩篇を読み返しながら、なんべんもそんなことを思いました。

本書に最後までおつきあいくださったみなさん、どうもありがとうございました。

二〇〇七年九月十三日早朝

久谷雉

あめあがりの川岸で
しずかに息をするたましいに
もうひとつのたましいが重ねられても
簡単に　足し算は成り立たない
ひとりで空をみることも
ふたりで坂道をあるくことも
めだかの目玉のあいだほどしか
本当ははなれていない
そんな事実をつつみこむ焚火の奥から
小石とも苺ともつかぬものを

――S夫妻に

拾いあげながら
ぼくらの一生は費やされてゆく
ふたりであることに糧をもとめて
熊笹の野を踏むあなたたちにあえて
おおきな拍手をおくろう
ぼくらの希望は
ぼくらの限界のなかにしかない
もういちど
おおきな拍手を

初出一覧

（祝婚歌）　「現代詩手帖」二〇〇五年四月号
返事　「ZouX」三号　二〇〇六年九月
あめあがり　「現代詩手帖」二〇〇五年四月号
晩年　「hotel 第2章」九号　二〇〇三年十月
泡かもしれない　「中原中也記念館」にてパネル展示　二〇〇七年四月〜七月
夢のつづき　「えこし通信」創刊準備七号　二〇〇四年八月
あくび　「十日間」二号　二〇〇六年五月
地下鉄を降りてから　「hotel 第2章」十号　二〇〇四年二月
大人になれば　「文學界」二〇〇五年六月号
おとむらい　「伊藤ゼミIII　la vie dàmour」二〇〇五年十二月
ふくらみ　「hotel 第2章」十一号　二〇〇四年八月
ほのかに明るくなるほかに　「現代詩手帖」二〇〇四年七月号
もすくわ　「midnightpress　詩の雑誌」二十四号　二〇〇四年六月

あろえの花	「母衣」三号　二〇〇五年三月
栗色の髪	「母衣」一号　二〇〇四年四月
誕生日	「母衣」二号　二〇〇四年七月
浅倉	「母衣」五号　二〇〇六年一月
きょうは一日靴を磨いていた	「midnightpress　誌の雑誌」二十四号　二〇〇四年六月
沈黙ではなく	「朝日新聞」二〇〇四年三月二十七日夕刊
不眠症	「十日間」一号　二〇〇六年五月
この風がやんだら	「詩のリレー」ふらんす堂ホームページ　二〇〇六年十一月
回る音	「熊谷高校百十周年誌」二〇〇五年十一月
ちいさなことば	「hotel 第2章」十四号　二〇〇五年十二月
ある愉しみ	書き下ろし
トンネル	「現代詩手帖」二〇〇六年六月号
(祝婚歌)	書き下ろし

ふたつの祝婚《しゅくこん》歌《か》のあいだに書《か》いた二十四《にじゅうよん》の詩《し》——新しい詩人⑧

著者
久谷《くたに》 雉《きじ》

発行者
小田久郎

発行所
株式会社思潮社
〒一六二―〇八四二　東京都新宿区市谷砂土原町三―十五
電話〇三（三二六七）八一五三（営業）・八一四一（編集）
FAX〇三（三二六七）八一四二　振替〇〇一八〇―四―八一二一

印刷
三報社印刷

用紙
王子製紙　特種製紙

発行日
二〇〇七年十月二十五日